# 印迹

胡静力 著

文化发展出版社
Cultural Development Press
·北京·

# 寻（代序）

诗集《印迹》以诗人胡静力孩提时期的乡村生活与进城求学、工作后对故土的思念为主线，讲述了成长于农村的80后诗人对童年的追忆，并带着读者领略他心目中桃源美景的模样。

“流光容易把人抛”，越是平凡无声的岁月，时间流逝得越匆忙而又掀不起波澜。在诗人笔下，我们有幸窥见碎片化时代里的镏金色彩，它裹挟着“印象乡愁”的绵绵情意，衔带“行在路上”的心灵美学，更是“陌上性情”的自我放逐。诗人胡静力用岁月和生命捡拾往昔，又将其酿造成久久弥漫的甘醇甜酒，在一吟一诵间染醉众生。

## 一、忆

诗集的第一部分“印象乡愁”围绕诗人记忆中的画面缓缓展开，向读者勾勒了诗人几番梦寐的昔日温情。“露从今夜白，月是故乡明”，“故乡”自古往今都是令人沉醉的梦幻词汇，它使个人不经意地回望从前，饶有兴趣地咀嚼它泛黄的褶痕里所流露出的淡淡忧伤。

开篇《梨花巷》和《桃花雨》相映成趣，诗人用极能代表家乡的两种花渲染出江南女子的温婉可人与顾盼生姿，将印象中的故乡倒映在南方小镇的绵绵柔情中。与静态描写相辉映的是故土充满朝气的人间烟火，从《草垛里的童年》《久违了菜市场》《走入农田》《方桥集市》到《照片中的农景》《观春雨》《油菜花开》《冰冻》，诗人从小处着墨，而后过渡至自己和其他乡村人民生命的轨迹，将整个乡村的质朴与充实展露无遗。

同时，“印象乡愁”篇的总体架构也是以诗人所塑造农村的“旧翻新”为主。随着国家“共同富裕”政策的大力实施和“决胜全面建成小康社会”梦想的成功实现，中国的新农村已经是一批能够经得住人民和时代考验的幸福新农村。在新的岁月里，邻居家的太阳花开得更热烈奔放，南方的冬天也不再凛冽刺骨，村庄的气息更是随着远处起伏的山岗发出更广阔的生命呼唤，呼唤着每一个游子的漂泊心灵。

虽然诗歌中还隐约地让人感受到一丝一缕的忧伤，但这份特殊的情感实际上是源于诗人那朝思暮想却经不住流逝的童年，更源于作为异乡客的自己无法常回这片故土而萌动的爱恋与思念。在对家乡一草一木、一些变化的细微记录中，在对回忆的点点捡拾下，诗人凭借着新农村里的一砖一瓦重构了心中的最美家园。这是赋予在这片土地上成长起来的孩子以莫大归属感的精神家园，这里永远承载着他们一代人的集体记忆，无论时间给予它多大的沧海桑田，也始终不会改变它最初动人的模样。

还记得艾青的那句“为什么我的眼里常含泪水，因为我对这土地爱得深沉”。小时候，故乡是一个温暖的摇篮，呵护我们慢慢长大；少年时，故乡是一方无拘束的天地，承载着我们无忧无虑的记忆；长大后，故乡就成了一曲歌谣，久久飘荡在彼此的心房。就像大海和浪花，浪花依偎在大海的怀抱，我倚靠在故乡的臂弯；浪花为大海编织新衣，我为故乡谱写新曲，无论此时此刻身在何方，依旧是彼时彼刻。

## 二、追

而第二部分的“行在路上”则以“行”为轴心铺展方桥老街、西北黄土、紫禁皇城、德清婺源等全版图、多领域的“路上”风貌，用一首首诗连串成一个个与自然接轨的美学镜头，馈予读者沉浸于诗歌中的第一阅读体验，在字里行间感悟自然生命的灵动。

由于诗人对未经现代都市文明习染的古朴风土有着异乎寻常的执着，石板铺就的回廊、狭窄的老街小巷、夜空下的点点星光，这些乡村、古城中司空见惯的自然景致成为他最为偏爱的创作素材。诗人曾表达过自己对“漠漠水田飞白鹭，阴阴夏木啭黄鹂”般闲云野鹤式生活的向往，而品读这一篇章时，你会惊讶地发现它恰是诗人心灵皈依的准确演绎，面前仿佛已浮现诗人走过的桥、路过的风景，令人心驰神往。

在诗人自持的素朴气质的萦绕下，诗集的语言也整体呈现出“泥土”般的淳朴韵味。“一轮红日／一个菜篮／一把锄头”，白描的表达方式与至简的农家生活方式和谐地营造出鸡鸭相鸣、耄耋垂髫相欢的牧歌境界。除了诗性的表达外，诗歌还荡涤着古今年轮的微微涟漪。褪色的旧时记忆与当下的特殊情绪共鸣，在诗人自我建构的基础之上不断拓宽全篇历史感的纵深维度，气韵生动。

此外，“行在路上”还展现了诗人细致入微的色彩洞察力与高超的描摹再现力。昏黄的炊烟、古朴高耸的红墙、泛着青色的马头墙、弥漫着清晨火炉的青烟……他将一路见闻、一些灵感跳跃的重要瞬间定格，使得悠闲适意的农家小院图景在多彩的涂染下熠熠生光。至于诗人日夜魂牵梦萦的古老土地，则被赋予了与之截然相反的暗淡光色，不偏不倚的纪实刻绘与残破缺失的实际暴露并不会使人们误解诗人的真实情感，其背后反倒蕴含着诗人对其苦苦找寻的地域空间饱含的所有复杂情感。毕竟只有真正透彻尊重它的人才能获得其独有的审美观照，究其奥义，是诗人躯体里对它无法自拔的热忱与朝朝暮暮的眷恋。

值得一提的是，诗人多次以“外乡人”的孤独形象介入诗歌，他自言道，“我一个外乡人观望着／但我已习惯了这种孤独行走”，试图从第三视角觅得更为真实且直观的第一感受。只有一人的漫漫旅途，面对全新的陌生环境，飘零不定的隔阂感自然地表现在字里行间。人来人往、门庭若市的固有热闹与初临当地的他确无多大关联，而他却在这样的体验中自得其乐、优哉游哉，暂时疏离于灯红酒绿和繁华喧嚣，自顾地徜徉于炊烟袅袅的农家小院和浓浓的乡里乡情中，俯仰回首间尝试与矛盾的自我和解。

的确，在滚滚红尘的世间，人心浮躁与名利诱惑已然成为主流，而诗人却执意挣脱纷扰，自辟一隅圣洁纯净的桃花源地，站在矮矮的山岗远望缕缕白云，一草一木一街一屋，皆落笔幻化为他“行在路上”的眼中景、心中情。

## 三、归

到了第三部分的“陌上性情”，诗人已然踏上归程，用文字记录沿途景致，定格温暖回忆，反思旅行的意义——是自我放逐，还是救赎？是逃离现实的尘嚣让一切归零，还是去陌生的远方找寻世界上另一个自己？是现实压力下的爆发与抗争，还是对未来的觊觎与躁动？诗人在此篇章中将现代人的困境与日常的光影揉搓，在纠缠中体验岁月与生命。

恍惚还在昨日，睁眼忙碌，只为追寻自己所想的岁月，蹒跚却执着，微弱而固执。然而偌大的城市虚伪乏味，“雨城”“埠头”，诗人不自觉陷入城市的泥沼，恍然间觉察“我站在荒凉之地/没有人烟”，在城市的狂奔不是为了寻找，而是逃离。灯火阑珊背后，还是看得见故乡的影子，听得见远方的呼唤。《寻找夏末的自己》便是诗人感受城市呼吸后，对心灵绿洲的憧憬。

踏上返乡归途，心中的阴霾化作一滴滴淋漓的泪水，在疲惫的面庞上冲刷出一道道安宁与纯粹。诗人将过往的心事点墨成诗：于醉酒的夜晚，单坐村口静默，感受青蛙叫破了村子的黎明；于水涨船高处，一条不认识的路上，与岸上的枯树对视；于车水马龙处，品一位顶着“驼峰”的老人的辛酸。诗人敏锐地觉察自然与人世的微妙细节，素笔描绘点点柔情，而这柔情背后不乏他对生命与未来的思考。

于宁大校园中，诗人仿佛重新回到了学生时代，灯光下的军训、一个人的自习室都成为他笔下温馨的回忆，朴素的白描将心事勾勒，满腔真挚自然流露。同时，诗人也将年少的情愫化为墨守的一抹暖笑，为失恋的陌生朋友送去宽慰的拥抱。一腔悠悠的深情，沉淀着岁月不朽的梦，静静读来像是与老友握手寒暄，阵阵婆娑，仿佛亲切的喃喃絮语，久久回荡。

除了对往事的回忆，诗人将“赤诚热血编织成了红色的旗帜”，于新农村中绽开笑颜，在生活中寻回被消磨的热情。在人生的渡口选择方向，拥抱蓝天，拥抱梦想；在下雨的夜晚聆听雨声，沉醉在音乐的海洋；即使是在疫情封闭的校园中，也簇拥热烈的暖阳，为灿烂辉煌的晚霞鼓掌。诗人把人生所有的风景与旋律串联，连同季节的蒙蒙絮语，将来自心灵深处千山万水似的呼唤与葱郁年华里编织的梦，汇编成诗集，繁华世界就此别过，一切美好如期而来。

欢喜或忧伤，也不过是浮生的一叶扁舟。不如跟随诗人，从故乡出发，轻轻拂去那裹挟的岁月尘埃；在旅程中，默默与自我和解；最终归来，淡然与过去告别，勇敢拥抱未来。

周春英（宁波大学人文与传媒学院教授）、

陈玉珂、周晓恬、金乐乐

# 目录
contents


001 | 寻（代序）

第一辑　印象乡愁

002 | 梨花巷
003 | 桃花雨
004 | 回到了乡下
005 | 沉浸在冬天乡村
006 | 草垛里的童年
007 | 落雪后
008 | 我的村庄
010 | 农历七月三十
011 | 九月的雨季
013 | 久违了菜市场
014 | 记住我在村里的日子
016 | 远去的村庄

018 | 乡村的微笑
020 | 照片中的农景
022 | 走入农田
024 | 农村人
025 | 方桥集市
026 | 叫醒了
027 | 村上春
028 | 观春雨
029 | 留恋乡村
030 | 油菜花开
031 | 我的眼睛
032 | 雾锁乡村
033 | 太阳雨
034 | 雨
035 | 新农村小康
036 | 农家小日子
037 | 市井小说
038 | 农村人
039 | 求佛记
040 | 大红灯笼高高挂
041 | 鸡犬不宁
042 | 余　晖
043 | 中午时分
044 | 鸭司令
045 | 月光下

046 | 冰　冻
047 | 午后晒谷
048 | 冬日芋头
049 | 乡间泥路
050 | 村庄的渡口
051 | 石板路
052 | 生　气
053 | 染　织
054 | 青皮甘蔗
055 | 芦苇花
056 | 蚕豆花开
057 | 残　荷
058 | 邻居家的太阳花
059 | 樟木箱子
060 | 再见年糕
061 | 走月亮
062 | 渐远的村庄
064 | 滂沱的季节
065 | 南方的冬
067 | 村庄的气息
068 | 乡村夜风
070 | 外婆和村
071 | 冬天的晨光
072 | 徘　徊
073 | 退　潮

074 | 屋顶上的暑假
075 | 一个年迈的妇女

## 第二辑 行走路上

078 | 方桥老街
079 | 驶入省外
080 | 前往西安
081 | 庄浪行走
082 | 行走庄浪
083 | 走在朱湾村
084 | 朱湾印象
086 | 习惯于西北的生活
087 | 大西北的诱惑
089 | 老街庄市
090 | 印像德清
091 | 断叶后
092 | 城市绿风
093 | 小憩古镇
094 | 坐反公交
095 | 黑色流线
096 | 我触摸的地方
097 | 漂离北京
099 | 转悠京城胡同
100 | 湛蓝的岛

101 | 海的湛蓝
103 | 雨中通济桥
104 | 蛙声婺源
105 | 婺源清晨
106 | 西塘随笔
107 | 夜感西塘
108 | 乡村黑夜
109 | 飘
110 | 象牙塔中的双桥村
111 | 双桥村的流水账
112 | 游台所感
113 | 车站下
115 | 在临安的暮起到夜归
117 | 再游西天目山
119 | 白云深处保国寺
121 | 我在象山吹晚风
123 | 走远的庄市老街

第三辑　陌上性情

126 | 簇拥温暖的花
128 | 爱若迎风遇见你
——致所有鹭园里的白衣战士
130 | 寻找夏末的自己
132 | 走了　散了

134 | 汗水在流泪
136 | 炎热的灵魂
138 | 离去的河埠头
140 | 多想我失忆
141 | 一个人的车站
142 | 我的眼泪在哭泣
143 | 从自然走来
145 | 一个人一整夜
146 | 今天你失恋了
147 | 雨城的我
148 | 我看到了我的眼睛
149 | 等有你的生日
150 | 这条路
151 | 听　雨
152 | 返　乡
153 | 如果今天是情人节
154 | 冷风中的草
155 | 驼峰的辛酸
156 | 这一季
157 | 灯光下的军训
159 | 阳　光
161 | 雨中交响
164 | 农民工兄弟
165 | 拥抱梦想
166 | 渡　口

168 | 致死伤的细胞
169 | 影子变迁的思索
171 | 生　命
172 | 回　忆
174 | 你的眼睛
176 | 再见，象牙塔
177 | 大地的怒吼
178 | 犹如蒲公英的爱
——致死难者
180 | 我想念你
182 | 大地，我的母亲
184 | 这个冬天你们还好吗
186 | 城市与天空

187 | 后记

# 第一辑 印象乡愁

# 梨花巷

顺着青石板走进巷子
弥漫的春雾浸润着人家
瓦楞上依稀可见的水珠
吸附着墙门外梨花的芬芳
梨花般的少女
走进静谧的巷子
融入梨花的芳香

少女绣花鞋下透着油光的青石板
嬉戏着瓦楞上滴落而下的水珠
倒映满是春雾的绿点
许是雾的重影
许是泥的生息
又许是少女的旗袍

静谧的巷子
一个少女般的身影
她静默地走过
留下那阵梨花般的清香

## 桃花雨

乡下的桃花已经化为了雨
高高的田埂上下着桃花般的雨
沟渠洗涤着春女的长发
染上桃红的油彩
抹一方淡淡的唇膏，那是恬淡的晨光
乡下的桃花映着春女的容姿
交相辉映
借着柳枝婀娜的身段，伴着桃花雨随风起舞
暗黄的泥土混着桃红、草绿、青水
顷刻间色彩斑斓
桃花雨下是春女的美梦
枕着浓浓的气息飘香愈远

# 回到了乡下

一直在城里求学和工作
回来了
回到了这片土地
又躺在熟悉的空气里
一望无际的稻花
就着秋收的阳光
美美地睡了一觉
醒来看着田埂里每一簇稻根上新生的绿
像是舞蹈的精灵
时而摇曳，时而低头
一群私藏的蚂蚁经过
稻香里大快朵颐
我站在渐红的水杉树下
听着乡下的风
望着农人镰刀下的每一簇金黄

# 沉浸在冬天乡村

我喜欢乡村的农家院子
和那棵有了年头的老樟树
也喜欢院子里的篱笆和朴实的农民
还有他们之间的憨实欢笑

农家院里冬天白雪柔情缠绵的姿态
也是我喜欢的
南方少雪
因而对它的印象不深
脑海里有这么一抹儿时淡淡的痕迹

年前回家
又是一个冬季天
我站在南方为数不多的银光世界里
看着那棵老樟树
沉浸在遐想的思绪中
远处几位耄耋老人走过
眼前浮现一段段往事和一处处景象
只觉得周身时间延续
却也是物是人非

# 草垛里的童年

在乡村
在我的孩提时光和玩伴
那时草垛是我的游乐场
秋收冬藏春夏取用
一群孩童如我们
每每都上那里疯
无论天多黑
一双双乌亮的眼睛
映着西山的晚霞
也总能辨认彼此
累了躺在草垛上
闻着草垛的味道
那种泥草味还有久违了的阳光的气息
看着夜空数着星星，看云淡风轻
而今长大了还记得那份依恋
像是一个温暖的家
直到母亲的一声夜喊
将我十几年的思绪拉回
一早醒来
草垛上沾满了夜里的露珠
在晨光下闪亮

# 落雪后

雪在冬令里飘荡着
没有一丝叹息
静静地
一年的故事在农家的炊烟中结束了
看着泥泞的雪路
望着远去的背影
我会一直坚持着
于是
我睁眼远望前方
一个新的春天就在乡村的秧田里升起

# 我的村庄

我的村庄
是公鸡叫破天晓的声音
是老母鸡下蛋咯嗒咯嗒的低吟
是一群土狗打闹的叫唤
是老人对小孩讲着牛郎织女星的欢声笑语

在春日的稻田里
有螃蟹的小窝
深黑的，蜿蜒的
似乎到处走动着它们的触眼
那么犀利
弄堂里的夏日
凉风徐徐
村口的老樟树吐着迟来的新绿
红黄白地交织在人家围墙上的太阳花向阳生长
风吹稻花香
是村庄秋色摇曳
是祖辈们割稻打稻的秋景

早起瓦楞上的一层霜降
诉说着冬的花絮

春华秋实　夏去冬来
无一不是村庄的色彩
这种灵动的色彩霎时间灿烂了我的眼眸

# 农历七月三十

又是一年此时
似乎在城里没有这个习俗和氛围
但在乡下，已延续了数不清的岁月
每逢农历七月三十
听祖辈们说是地藏王的生日
乡里的农人总要祭拜，向他祈愿
在阴间保佑自己已故的亲人
所以每逢此时农人们都很心诚
当然也很隆重

恰巧村里有座不大不小的寺院
供奉着地藏王
平日里香火不断
现如今更是门庭若市
黑夜已经来临
晚饭后，拿着一捆香、一包火柴
开始在农人们看来庄重的仪式
点燃香，就挨个将它们插于自家门前
口里念念有词

# 九月的雨季

九月的雨季
孩子气的心情
潇潇洒洒落了一地

乡下的空气变得分外明朗
伴着四起的炊烟，一群鸟儿的舞蹈
泥泞的路上留下了一串串脚印
路人的鞋帮沾满了乡土的气息
好熟悉的场景
我知道我又将返回城里上学

九月的雨滴落在我头顶，细密水珠停在我头发梢
而后顺着我的发丝，落在我的脸颊上
我知道乡村你在哭
这是道别的泪珠
这是离别的情绪

九月的雨洒了一地
田野里又出现了迟来的新绿
农人们笑了，我的乡村也笑了
九月的雨中我笑着走了

# 久违了菜市场

不知有多长日子
没来看你
长河新街的入口
晨雨中，走过钢铁搭建的方桥
我穿着短袖、迷彩裤和一双黑红的跑鞋
闲逛在你的领域
那场景一片欢腾
卖肉、卖菜、卖鱼、卖鸡、卖鸭……
我数不清
东西一样样地挑拣着
买卖也在讨价还价中一次次成交着
人头却多成了黑点
在我眼前晃悠
我被征服了
平日里我行我素的自己
今天似乎突然间成了别人的腿脚
不由自主地被挤压在人群里
但那种久违的快乐无与伦比

# 记住我在村里的日子

自打西北回来
又回到了自己的村庄
在外的日子好想念自己的村庄
虽说是在农村
但这里有我的乡音乡情

早上趴在屋顶上
当暖暖的阳光照在身上
像是太阳花绽放了笑容
我的眼前是一片炊烟四起
村庄又开始了平淡的农家日子
老人在屋子里忙前忙后
小孩在院子里玩耍
父辈们骑着摩托车在弄堂里嘀嘀作响

我望着蔚蓝的天空
心里总有一种莫名的感触
无论我走向何方

我的心属于我的村庄
那些年在村庄里的每个日子
都将化为流星
划过我在外的夜空

# 远去的村庄

童年的记忆是母鸡咯嗒咯嗒的下蛋声
我拖着草底鞋拽着狗尾巴草
奔跑在村上的石板弄

热燥的八月降临在我的童年
夏日凝重的气氛使我慵困着
一场雷雨后
划着木船穿行在池塘里
我摘着莲蓬闻着荷香
童年就这样渐渐逝去
乡村也渐渐地长大远去
只有村边渡口的老樟树还在固守

时间泛起了老樟树青苔的油绿
阳光照着早已改造的村道
晚风闻过那段记忆里的旧时光

先前的农人渐渐入土
年轻的已经见老

时间带走了村庄的童年
我也按时长大
但我的眼眸里仍然留有村庄旧时的记忆

一排一排新房
一条一条新路
一个一个新人
在我离开的若干年之后
我已经辨别不清
但红红的太阳还是在村庄的东方升起
记述每一天的远去

# 乡村的微笑

山坳上
一群群羊羔慢慢远行
亲吻山脚的红日
一阵阵炊烟
呼唤晚归的农人
梯田上已是落日的红霞
农人的影子还在劳作

我踏在回家的山路上
一路的花草朝着我微笑
微风下欣然点头
槐树、桃树、梨树和水杉
还有阳光和假期都清香清香地
飘在我的衣袖里
我闭上眼睛深呼吸
呼吸着这乡村的泥土气息
脚下是蚯蚓的窝
蚯蚓也在晚归中微笑着忙碌

乡村微笑着

每一个农人微笑着

悠悠地压过每一粒飞扬的尘土

# 照片中的农景

村庄的照片
一幕幕在我眼前放映
那记忆还在

六月结束了
七月已开始
过段时间又该是农忙了

一群群农人
手舞足蹈地劳作着
晨曦中那身影
早已披紫戴红
戴着草帽
扛着锄头
穿梭于机耕路上

电线杆上的麻雀
叽叽喳喳早已开唱
田里的青蛙也不闲着

一片欣欣然
远处的炊烟在照片里格外显眼
那是早饭的声音
于是早起归来的农人
嘴角打起了卷，哼着小调儿
自在而惬意

手里攥着新鲜的西红柿、黄瓜、带豆……
带着露水和泥土气息
伴着自家养的鸡鸭
一桌丰盛的农家饭
一幅幅农景的照片

# 走入农田

看着西瓜藤上的瓜
拳头般大泛着白
我没有闯入它的梦境
只是静静走过

活跃的藤枝
蹿上了枯树的树梢
夕阳的光懒散地照着
天空下农田黄绿

我从初夏的农田走过
那熟悉的田埂边，鸭群嬉戏
处处是景

我的鼻腔里装满了泥土的芬芳
远处是耕田机嗒嗒的马达声
穿着拖鞋

泥花溅在我的脚趾缝间
一丝清凉一丝喜悦
我大声喊着
我对这土地的眷恋

# 农村人

小四轮开出了村庄
隆隆的声响热闹了农家
又是一年的播种时节
走在田埂上
背着农具
撒一把种子溅起希望的泥花
声声欢笑笑出满天的彩霞
躺在田间脸朝天空
春去秋来稻香飘飘
火红的日子围转在身边
农村人促膝长谈
谈笑间
端起自家粮食酿的酒
脸上荡起深深的酒窝

# 方桥集市

传统的方桥集市
逢农历一四八
街上黑压压的人群出奇地多
南来北往
拾级走过刻写着“方桥”两字的钢铁桥
蹒跚的老人、欢蹦的小孩、从容的妇女
成了这集市的基调

长河新街两旁的街市
搭起五颜六色的篷布
长长的一连串
衣服、裤子、鞋子应有尽有
篷布下面是小贩的生意经
篷布外面是行人的火眼金睛
俗话说货比三家
柴米油盐酱醋茶南北通货
都在那里等待
讨价还价声声入耳
我没动静静地站着
身边也早已是车水马龙

# 叫醒了

躺在农村的老房子里
四周是田地
今晚没有春风和春雷
只有几只青蛙在欢歌笑语
叫醒了黑夜
月亮挂上了树梢
晚归的农人扛着锄头行走着
叫醒了秧苗
皎洁的月光下吐露绿芽
像极了一身的新装
叫醒了大地
小草小花钻出脑袋
翘首等待初升的太阳
于是
叫醒了黎明
天空渐渐发红
不多久又是一个清新的早晨
这一切传入我的耳朵
那半醒半睡的梦
好清甜

# 村上春

春分已过
春风荡漾
我的村庄沐浴在春天里
燕子喃喃细语
打动了春姑娘，下起细雨
小草破土而出
在风儿的轻抚下
摇摆着舞姿
紫云英上油菜花间
蜜蜂的话语
呢喃着春姑娘的味道
我的村庄换了新颜
飞奔的孩童
勾起了童年的春
风筝也争相飞舞
田野里全是春的身影

# 观春雨

不期而遇
总是来得那么及时
干涸了一冬的时节
柳枝的长发湿漉漉地挥舞着春的气息
如此飘逸
淋着雨挂着水滴
乡村迷人的景色
都藏在远处的马头墙上
慢慢显现新绿
独唱情歌

# 留恋乡村

寒冬是美的
爽秋是美的
炎夏是美的
刚来的清春
亦是美的
静谧留恋的脚趾
踱步在石板路上
人家的屋檐下
我的头顶是大红的元宵灯笼
此时的乡村就更美了
触手可及的空气
诉说着节日的气氛
浓浓的
但今日
我要离她远去
但心灵深处荡涤着淡淡的留恋
犹如迎春花的香气

# 油菜花开

油菜花开是春的印证
是农村的生气
虽然还是早春
但大多数
已按捺不住春的诱惑
一簇簇黄灿灿的花骨朵
镶嵌在绿宝石里
伶俐地摇动在春风里
春日拨动了琴弦
农村奏起了乐章
油菜花开
讲述着一个崭新的花田春事

## 我的眼睛

第一场春雨
降临在不起眼的村庄
小河里荡起涟漪
青蛙醒了、菜苗醒了、果树醒了
砖瓦上流动着的雨
滴在我的脸颊静静滑下
天才蒙蒙亮
灰暗的黎明在苏醒
那是我的眼睛

静谧的村庄
没有路人
拂动着我的眼眸
小草拱破了地皮
冬日村庄的素描绿上了新颜
我知道这就是我的眼睛

# 雾锁乡村

一早起来
顺着石板路走向浓雾中
弥漫的重雾
密密麻麻的老屋
浓重的雾在瓦楞上
凝聚了水滴
敞开胸怀
感受到些许凉意

已是二月末三月初
雾气下
早有燕子叫春
叫醒了水滴
顺着瓦楞沟
滴落在泥土里
小草静静地等待发芽
雾里乡村的背后
正是春的脚步

## 太阳雨

二月的脸
你的身影
又下了一场雨
阳光下亲吻你的脸

四合院里下起太阳雨
你我的距离却好遥远
说好
一起等待太阳雨
你却没有恪守承诺
一个人的太阳雨
冷冷的心
那夜我失眠了
二月的太阳雨
成了我不忘的记忆

每一天都看着二月的脸
在不同的地方
让我们重逢在这太阳雨下
让那心的距离不再遥远

# 雨

半夜下起了雨
淅淅沥沥
村子好安静

雨飘着长发
流淌着动人的眼泪
凄美的眼眸
是路人的车铃声
二月打这乡村走过

那散发的气息
醇醇的
犹如雨蠕动的双唇
夜深人静的雨夜
静静闭合

# 新农村小康

如今的日子
可不是父辈们念叨的
七八十年代

那个艰辛、艰苦
使人麻木不知
每天为生计而劳碌、奔波

手机、彩电、电脑、轿车、别墅
已走进了现在的新农村
诠释着小康的含义

不必明说
那农民的脸上
已展现得淋漓尽致

# 农家小日子

一年又来了
春天也到了
又该是
农忙的时节了

撒种育苗、耕田插秧
……
那一连串的
就是农民的生活

一辈子没有奢求什么
唯有秋收时
天气好点，收成多点足矣
秋后小酌几杯
和祖辈们一样简单过着
属于农民自己的小日子

## 市井小说

每天都充满着
老人的嘴巴
孩童的嗓门
年轻人的耳朵

汇聚在一起
在这弄堂里闲谈
漫无边际

# 农村人

我的农民朋友
是生于农村
长于农村的
最淳朴
也最真挚

就算是外乡人路过
家门口
也会热情
送上一杯热茶

那被城里人称为乡下人的农村人
就是豪爽
二话不说
就连会说话的脸颊
也让你感到温暖

## 求佛记

每年的大年初一
按照村上的习俗
寺庙里拜佛祈求新年顺意
对于农民而言
简单不过是平安喜乐
对于生意人而言
自然加了“发财”的那点意思
这也在情理之中

走进弥勒殿
弥勒佛的可爱又不失庄重
烧了些许香
点了副蜡烛
供上了糕点和水果
双膝跪在地上
嘴里念念有词
这愿望佛知道他知道

# 大红灯笼高高挂

又快大年三十
翻夜是新的时日
大红灯笼此时也挂了出来

在人家的屋檐下
高高地挂着
一串串诉说着日子的红火

我打村上的弄堂走过
脚步声在灯光下响起
灯罩里的火苗蹿着
聆听着人们在餐桌上的除夕欢声
家门口西北风中的鞭炮声
点燃了年的高潮

# 鸡犬不宁

在乡下
最常见的莫过于
鸡鸭狗
白天鸡鸭漫天欢腾
夜晚狗声鼎沸
且不说田里窜的地里跑的
就是人家圈养的
也足以鸡犬不宁
农村就是这个味儿
要是有朝一日没了
也觉得怪可惜

# 余晖

看见了一抹斜阳
顾名思义就有了余晖
乡村的芦苇荡里
花白的芦苇花挥舞着夕阳
顷刻间被撕裂成无数束
很不均匀
刺入了芦苇的眼睛
一刹那又消失不见随风潜入
只有苇秆的影子在守候

# 中午时分

在乡下
往往在开饭时
是狗儿灵动的嗅觉
不用去召唤
它自个儿那鼻子
就会准确无误地被牵引过来
一晃悠来了好几只
摇头晃脑地钻进桌子底下
用它那长尾巴不停地拍打着你的脚面
此刻你懂

# 鸭司令

又是那熟悉的场景
放着鸭
在乡间的田埂上
不知在何时
雏鸭们在吱咯地觅食
鸭司令却枕着青草安然入睡
眼睛想必未曾闭上
眼珠在斗笠下不停地打转
透过斗笠的缝隙
注视着周遭的一切可疑
生怕自己的小鸭
被不请自来的第三只手掳走

# 月光下

在乡村的夜晚
月光像一片轻柔的白纱包住了整个村子
月色下混着庄稼的醇香和泥土的气息
愈久弥香
细风中摆弄着舞姿
越发浓郁
一片深沉在这里围绕
月色下只有庄稼在静静地生长
而那泥土味也在悄悄地飘入农舍
静静地熟睡

# 冰　冻

水已结冰
冰中透着枝枝荷梗
荷梗旁荡着冻结了的涟漪
可爱宜人
冷冷地成了艺术品
点缀着河池
正值傍晚
显现出浅淡的光
似乎诉说着它们的悲凉
冰冻的水面下依然流动着鲜活的生命
等待着下年春的来临

# 午后晒谷

每到仲夏
总是那样的场景
一个村上的老人
在烈日的午后
戴着农家自编的草帽
泛着汗水的熟褐色
叼着老烟杆，躺下来，跷起二郎腿
似乎细数着新谷
露出农人特有的喜悦
谷子熟了
又是一个丰收的季节
在午后的艳阳里
也在他的身板下一切笃定

# 冬日芋头

我看见了
油绿的长发下你那熟睡的眼睛
冬霜成了你的睡衣
酣梦中如此羞涩
像是事先安排
躲藏在白霜里
此时竟无声
我知道了
你是在孕育新的生命
一个个光溜溜地附着在你的周身
渐渐长大
棕色成了它们初见人们的新衣

## 乡间泥路

弯弯的
一直延伸于另一端
一个个不大不小的泥坑
是你性感的酒窝
一条条不深不浅的泥坎
是你不老的皱纹
一辆三轮车经过
飞溅起积水
于是你展露笑容嘴角上扬

# 村庄的渡口

我的村庄在奉化江畔
三面环水
有一个古渡口摇着船来往对岸
是鄞县和奉化的边界要塞
地处奉化最北端
从而得名北渡

我家紧贴在江边
晚风起时常潮涨潮落
听着水泥船过来过往
有时半夜三更
夜归的来客站在对岸
扯上两嗓子“摆渡喽!”
加上自行车的手铃声不断
打破多半安静的江面
于是
摆渡人穿上衣服掌起油灯
慢慢悠悠哼着小调摇曳过去

# 石板路

以前村庄里
凡是路都是用青石板铺就
不知被多少南来北往的路人走过
默默地平躺在
属于它的那一方泥土地上
它那凹突不平的石包是它的怨言
就这样又过了好几年
渐渐地化为人们脚下的平坦
风吹雨打磨平了人们的怨言

# 生　气

下了好几天的雨
天凉凉的
在乡村
一片萧瑟
雨水流淌在
乌黑的瓦片上
屋檐下
一声清脆的鸡鸣
幽幽唤醒乡间的气息

# 染　织

早上起来
当太阳的巨轮在东方的天际
刚一露头
这一瞬间
晨曦就已经依附在村边的桥头上
很快
夕阳西下
那燃烧着的光辉
把整个村庄染织得通红

# 青皮甘蔗

还没成熟
我们这帮小孩就嚷着吃甘蔗
扒几次叶，它慢慢地熟了
那种甜似乎飘满了
整个村上有小孩出没的地方
啃甘蔗的声音也随风飘得老远都能闻到
就这样抱着它
啃过了童年

# 芦苇花

一个不起眼的小村庄
出门见河
湿水的地方就是芦苇清风荡漾的去处
春来发几枝
夏天便满是油葱葱的
到了秋季
芦苇荡漾着也戴上了白花帽
乘着凉风
悠悠荡荡散着花絮
飘落于寒水中播种
等待下一个春的召唤

# 蚕豆花开

小时候戴着蚕豆穿起来的链子
到处游逛
一颗一颗地摘下来
放进嘴里一阵欢喜
时不时还相互炫耀着
但却不知蚕豆花开
于是匆忙跑到自家田里
田埂上种满了蚕豆
蚕豆花开有点像紫色的蝴蝶
也引来了不少的蝴蝶竞相媲美
一朵二朵三朵四朵五朵
开成一片
等待着这春华后农人的喜悦

# 残　荷

参差不齐的老荷
已经残败不堪
枯萎荷叶也被冬日的风带去
剩下光秃秃的秆子
立在河塘的淤泥里指向天空
荷秆下面有些不太安静
咕噜噜冒出一簇迟来的新叶
在残荷中摇曳
这一幕只在农村被我看到
那是年关
夕阳下
残荷也变得很是韵味
像是逆光下的美人风姿绰约

# 邻居家的太阳花

每到夏天
掩盖不住的是
邻居家墙头上的太阳花
特别在晌午时刻
五颜六色地疯长
从没有刻意地去理睬它们
只是过于艳丽
目光所至
撑满了我的双眼
一批接着一批地开
墙头很快成了花篱笆
还不够
悄悄连上了那石板间的缝隙
继续向阳

# 樟木箱子

可曾记得老底子的樟木箱子
在农村没有这个的人家很少
在父辈们的青年时代
是哪家姑娘出嫁的必备品
暗红色的上了扣和锁
沉甸甸的放满了嫁妆
多为衣服和被褥
要是家境宽裕
许是还有一些压箱子的金链子

我家至今还留有一直没丢
这是我妈嫁我爸时的大件之一
铁锈红、脐橙黄的色调都有
上了年月的锁扣锈迹可见
箱子盖上还贴有那个年代的出厂信息
打开箱子
那股子樟树香仍旧浓郁

# 再见年糕

村上北祠堂的东南角
一根四方的砖石烟囱冒着白烟
边上的蓝色帐篷里
时不时传出人们的谈笑声和机器的作业声
又是北风吹来的时候
光洁洁的被各自的主人家簇拥在一起
它们在聊天
它们的身上升腾着声音的蒸汽

在农村
每年年关都有做年糕的习俗
且不说多少
年糕自带着韵意
一条条排着长队
一缕缕升华的蒸汽
年年高的寓意早已随着蒸汽附上了年糕的身体

# 走月亮

鸡声喔喔
于婆娑的月光中
在农村的一个月夜里
四周分明寂静
只有风并着月影
在泥地上
我独自在月亮下
月照着我
也照着四下
于是月影就走入了我的脚底

# 渐远的村庄

雨水打湿了村庄
黑压压的云层叠满了农田
那农田已是荒芜一片
没有人肯去打理它

农田的另一头，裹着一簇簇农房
农房也早已改头换面
裸露的电线紧紧地拥着身体
于是，发出急促的呼吸声

路上的斑驳早已被填平
披上灰色的水泥
不知是幸福还是无奈
渐渐失去了原味

村庄渐渐远去
只剩下一个简单的剧本
讲述八十年代的故事
故事里的主人也渐渐老去

昔日乌黑的头发被岁月染成了花白
脸上的皱纹不再是剧本里的伪装
这一刻也变得真实
两只脚变成了三只脚

渐行渐远
村庄里的孩童声变得苍老
弄堂的外墙不再是砖瓦
二十多个春秋里的村庄被雨水冲刷着
哭着、笑着、委屈着、偷乐着渐行的日子
渐行渐远

# 滂沱的季节

六月的雨随心所欲
江南的村子飘洒着雨
顺着瓦楞滴落而下
石缝间的绿意越来越浓
铺满了屋主人的视野
房屋的周边是大片大片的田
种满了蔺草
滂沱的雨下着
打湿了割草人
季节里最唯美的画面
晚归的孩子们
手拉手飞奔而过
石皮弄里留有他们的童真
六月的雨飘飘洒洒
滂沱中夹杂着汗水
荡涤着乡村的情结
雨后又是季节的笑脸

# 南方的冬

很怀念有雪的日子
那是很久以前的故事
粉墙黛瓦上一层不厚的雪
但却是那么剔透
屋顶上的瓦楞里还冒着小绿点
窥视着来年

大红大紫的影子
在石皮弄里窜来窜去
嬉戏着暮冬的事
七石缸里的雨水也在那寒夜里结了薄冰
把缸与雨水的接口牢牢地封死
封住了整个冬天的水温

整条的青石板路
行人走过
发出咯吱咯吱的响声
有些滑
那是冬天的印证

白墙乌瓦的冬日

太阳照旧地照着

没有热气

只是晒太阳的老人们优哉游哉拉着家长里短

笑谈着冬后的人生

## 村庄的气息

初冬的傍晚
站立在石板桥上
看着黝黑的河水
一轮半月映在黑水上
跳跃的月光
在河面上影动着

一两声狗叫
刺破了村庄的宁静

我们窃笑着进入了水边的梦乡
律动的鬼火飞窜
他们一个个惊魂未定
游荡在午夜的村子

夜行人的脚步“唰唰”飞快
村庄在呼吸
浓重的喘气声
越来越近、越来越响
渐渐覆盖了老房子里的鼾声

# 乡村夜风

乡下的夜风
一直萦绕在我的耳边
不知道有多久已经没去洗澡

风是乡下的灵魂
它不喜欢长时间在那片区域徘徊
窜来窜去
但倘若这世上没有了风
每当夜黑风高的夜晚
老屋下
那乡村更是静寂得可怕

总有许多话要说
但是每次都被这乡村的风吹散
这次也是，狠狠地被吹散

新月下，不停地呼啸着
电线杆上的电线也摇晃着

那夜村子里死了个人
阴风阵阵

我不敢独自出门
趴在自家的阳台上
眺望着远处的掠影
闪烁的鬼火不断地从二里以外的墓地发出

风还是照旧地吹着
似乎要吹醒
所有长眠的灵魂

# 外婆和村

外婆张望着
张望着年前年后的我们
一来一走
又是一年的岁月

她不舍得离开承载着她那大半辈子的家
那片特别醇厚的乡土
悠悠地荡涤着她的清梦

我心想
不能留下来确是一种遗憾
村上的桥头四季不散
聚集着、说笑着

她眷恋着邻舍的情愫
和那故人老屋
那斑驳的阳光下的村前村后

# 冬天的晨光

早上起来尤其冷
常常想在被窝里多待一会
哪怕是短短几秒
在我的心里也似暖春一般
在农村，睡懒觉可是个奢侈
谁家的鸡鸭和生意人的叫唤
一大清早已扰乱我的清梦
被窝外
有些淡淡的雾气笼罩着
一说话自己的雾气就连片
一束阳光射了进来
原先发冷的身子一下子有了温度
就这样每每冬天喜欢有它的清晨

# 徘 徊

离别时的微风
在乡下的旷野上
抬头仰望星空
在四下漆暗的衬托下
显得格外美丽
晚风吹过我的村庄
那风很宁静
安静地拂过田野里的小草
那唰唰声也响彻数里
久久徘徊

# 退　潮

可曾看过潮水过后
河滩的泥泞
可曾见过潮水消失
河滩的干涸
浪潮后
没有什么留恋在河滩之上
只有河水吞噬万物后的遗骸
裸露的河床
我站在堤坝上
任凭河风四起吹淡我的记忆

# 屋顶上的暑假

每天早上都在自家的阳台上练习笔墨
一眼望去乌黑的瓦片
在邻家的屋顶上
一抹晨曦
打破了它的沉寂
多了几分阳光的温馨
屋顶上瓦楞间长满了青苔
苔花如米小却带着露珠闪亮
还有早起觅食的小麻雀甚是可爱

## 一个年迈的妇女

站在村旁的河边
回眸注视着青砖乌瓦的老屋
虽是冬日
麻雀依然啼着
丰盈的河水还是照旧地东流

白色已经包裹了她的头顶
这不是冬日里的雪花
驼着身体
长满老茧的双手搀扶着藤杖
嘴里念叨着“善言好语”
奢望着路上的伸手关怀

一个年迈的妇女
啃食着路人舍给的半个冷馒头
啃得是如此慌张
许是饿了，也就不在乎冷馒头的硬
对于她来说
是丰富的一餐

很难想象她的人生经历
一路漂泊
在冬季的风口中游荡

我走近她
掏出一枚硬币
放在她的乞讨盘里
她继续啃着馒头
后来看了看我
没有任何表情，继续恶狠狠地啃食
眼是枯萎的
褶皱挨着她的双眼
泛着无彩的神色

又快是一年的尽头
人们都盘点着一年的收获，总会置办点什么
但这些都与这个年迈的妇女无关
她就一个人拿着藤杖和盘
拖着一个破旧的麻袋
走在这个繁华城市的大街小巷之间

# 第二辑

# 行走路上

# 方桥老街

置身于方桥老街
依稀能体会老街的意蕴
两边相立的木结构房子
有点不堪一击
残破的门栏
诉说着岁月的印痕
原先青石板铺就的路
多数也已被灰白的水泥代替
但墙角处还能找到
一些残留的旧时光
在静静地沉睡

一步一步走着
弄堂里窜出来一个小女孩
后脑勺留着两撮小辫
晃晃悠悠地拿着风车
那许是点缀老街的精灵
此刻亭廊下
桥头阿三正沉香酣睡

## 驶入省外

慢慢地驶入省外
邻旁的游人也渐渐地熟悉
天越发黑暗
两边的景色依然穿梭前行
郁郁葱葱的灌木丛活跃着我沉闷的眼眸
我的思绪也随之活动
省外的视野很是开阔
可能是第一次真正意义上的出省吧
抵达安徽
那人那景都是新鲜无知的
我发觉我爱上了旅行
逐渐驶出我内心乡土原味的思绪

# 前往西安

踏上了绿皮列车
静静地坐在拥挤的座位上
面对着陌生的面孔
一路看望路边的乡土风景
窗外的风景很快成了线条
成了热流在窗外窜动

车厢里是形形色色的人
男女老少操着西北味的方言
谈笑风生

前往西安一座悠久的历史城市
我探望像是许久不见的亲人
车上一口秦腔拉近了我与西安的距离

# 庄浪行走

黄色的土墙
黄色的皮肤
黝黑的双手
西北人的黄土情结
似乎在诉说黄昏后的瞬间

我来到西北角落的小山村
一座在山间的村落
纯朴的百姓
质朴的微笑
牛羊遍地在梯田上游走

我站在山岗上张开双臂闭上眼睛
想像风一样地飞翔
眺望边际的土墙
拥抱这片脚下的黄土地

# 行走庄浪

在满天星下
山村显得出奇地宁静
静得让人可怕
我偎依在门檐下
院里的灯光照着我的身影

山村在山上，在黄土高原上
夜晚的星空无法盘算
只剩夜空不多的黑色空间

我的前方是一望无垠的夜色
没有大的变化，只是夜空的色泽层出不穷
牛回圈了，猪回笼了，驴回棚了
山里人也睡了

我依旧偎依在老地方
静静地享受这触手可及的星空

## 走在朱湾村

崎岖的山路引领我的步伐
狭窄的山道梳理着心绪
几个山里娃守候着牛羊

几座山、几个坡过来
便是我要去的朱湾村
一个不大的山村，依山而建
一眼望去几乎没有人影
只有几头毛驴在溜达

正值农忙时节，场里都是人
我一个南方人没有见过麦子
而此时他们正在打麦
热闹的场景和忙碌的山民
我带着相机看着

不时间
炊烟便成了这黄土画卷的点缀

# 朱湾印象

坐在山里的院子
听着听不懂的话语
饭后闲聊似乎是一种习惯
我一个外乡人观望着

院子很干净
干净的黄土撒于满地
麦秆整齐地堆放在院墙边
简单的农家小院
酝酿着山里人纯朴的思想

小院在夜空的正下方
夜越发地深暗
气温也冷却下来
大概只有二十来度
他们习惯了

夜谈还在继续

暗黄的灯下

凉意渐渐消失

余下的是那浓浓的乡里乡情

# 习惯于西北的生活

在陌生的路上飞驰
有时会一马平川
有时会坎坷崎岖
但我习惯了这种行走
我期待那暴雨后山脚边突现的彩虹
期待傍晚时黄土上的数点星火

然后第二天早晨
跟随去赶集说说笑笑
农人坐着拖拉机进城
一路有着乡味浓郁的路边摊
扑面而来的黄土风景
每次都似乎给了我未知的惊喜

于是
我习惯了这种独行
习惯了在西北黄土上吹风
望着经过的农人
望着经过的自己

## 大西北的诱惑

我站在矮矮的山岗
远望着山头一缕缕白云
山脚是西北人家
冒着昏黄的炊烟
黄土上一个个小屁孩在奔跑
扎进黄土的沟壑里

我站在黄土高坡上
面对着无垠的荒芜
不禁想起电影里的桥段
我的眼泪打湿了眼眶
滴落下来
滋润了脚下黄土

蹒跚的老人搀扶着树干挪动
脚后尘土飞扬

我站在人家的屋檐下
张望屋子里的秘密

一个女人一个小孩在啼哭
黄土地上黄土的墙
诉说着黄土人的故事

大西北的黄土
勾起了我的欲望
深深的诱惑在我的身上扎根发芽
疯狂生长

## 老街庄市

老街已经高龄
嘴角边流淌着东去的液体
两边的脸颊已是破旧不堪
无数的络腮胡肆虐地生长着
穿过头顶变成了乱蓬蓬的头发
那变压器成了她的发髻

一条东西走向的河流流淌着此地的古往今来
一座座不知名的桥梁构成了南来北往的路基
低矮的店篷下满是生意的吆喝声
惊醒着河流里的鱼儿、鸭儿、水草儿
挑着烧饼的货担远远就勾起了小孩儿的嗅觉
连趴在太阳下的那群狗也闻香而来

午后的阳光里
我骑着脚踏车在老街上溜达，目不暇接
像我一样的人开始多了
于是，东张西望便渐渐地成了老街的规律

# 印像德清

梦神从梦幻把我带到现实
聆听了德清的声音
领略了德清的画卷

我的魂被勾走了
只剩下我的躯干在游走

乘着游船，漂行在下渚湖上
湖光绿色，游船过客
行色匆匆

我一个闲云野鹤
也偶尔休憩于下渚湖
满眼水的世界、绿的海洋
不时白鹭掠过留下印痕
犹如印象派的油画
那天水合一的韵味德清

## 断叶后

折了
在春风里折了
不晓得是生命的结束
还是新芽的绽放

渐渐枯萎
折断的树叶
在湖面上漂荡
寻找一个归宿

可能此时
偌大的湖面孤身一人
但没有哭泣

一个精灵般的孩子
拾起了它
放入泥土中，入土安家
可能若干时候的结束
又是新的希望
折了，折断了，新的发芽

# 城市绿风

不知是海风
还是陆风
穿梭于这城市的丛林
沐浴在绿肺中
自己呼吸也是跳动着

眼前是来往的行人
相互没有搭讪
只有脚下的这条路是一致的

周遭的空气在沸腾
新的不断注入
盘旋于我的心肺
容纳满眼的绿意

城市的绿风
在五月里
在我的心肺中
悄然吹拂

## 小憩古镇

我
路人
一个朴素的古镇

当整条街华灯齐放
回廊里每一条街道都是香气弥漫
充满了人影
而回廊一侧是流水人家
不时间桨声欸乃
荡起了涟漪
荡起了古镇人家的江南情结
我就在那靠岸的桌子边
就着小吃静静品味
看人来人往的烟火气

夜深了人歇了
古镇恢复了宁静
只我一人独踩月光

# 坐反公交

按理说坐反车子是很常见的事
前些天
却有着不同的历程
车已经开了一段时间
猛地感觉错了

原来发现我坐反了方向
但好像上天给了我另外的风景
透着玻璃
外面的墙面上是柳汀街233弄的牌号
一扇铁红色的大铁门
安在刷白了的墙上
注视着我眼里车外的视觉点
原来精彩在坐反方向后面的画卷

## 黑色流线

黑暗已经来临
但我仍用眼睛扫视着我的风景

车窗外面是黑色的流线汇成的网景
网住了我的视线
我闭上眼睛
想起你我
这是黑色的结束
但我不知道还需要多久
只是隐约地觉得黑色的夜晚是我们的牵线

流动的爱情线在黑暗中交融
你给我的情感，这是一根简单的线条
于我而言在这黑色的风景线中已经足够

# 我触摸的地方

漫步于紫禁城
穿梭在古朴高耸的红墙下
用手倾听述说着古装剧里的时光

皇城的红色已经变得暗淡
但那凝重的沧桑仍记录着过往的岁月
残缺的庭院石板路是旧日子的凿痕
红色、黄色
这种耀眼的“皇色”铺满了游人的双眸

冥冥间
在耳尖回响起那句不知是谁说过的话语
这就是皇城的威严
太和殿、中和殿、保和殿……
一连串的殿名构成紫禁城的中轴

轻轻地触摸着那时代的印迹
想象着明清皇家的生活
红墙高楼下那戒备森严的却是活人的墓穴

## 漂离北京

离开北京是一个雨天的清晨
滂沱的大雨似乎成了我的言语
冷冷的这场雨一直未停

伸出手，触摸着最后的记忆
想要捕捉住在手指间流逝的时间纪念
雨打湿了心
冰冷得让人瞬间窒息
要离开北京了，离开我的伙伴
但似乎我一直在徘徊
生怕某天再回来却找不到原点

飘荡的光线在雨缝里若隐若现
开往机场的巴士，渐渐离开北四环
但自己一直在告别的路途上寻找什么
是自己的心情，还是一个离别的拥抱

漂泊了很久
但未曾累过，只是那视野里的光线渐渐暗淡

车窗的外侧已经满是雨点
越见模糊，模糊了北京城
此时心里的平静犹如一杯白开水
水中折射的光线飘忽不定
我飘荡着飞离

# 转悠京城胡同

进入京城特有的胡同
放眼望去一簇簇低矮的灰色的立体物
炽热八月天
甩开任何防晒的工具穿梭着
胡同里不时传来的京腔
让这一切变得更为京味儿
活脱了老北京人的生活

往里走
四合院一个套着一个
一个紧挨着一个
那院门紧闭着、敞开着、半开着
形形色色
里面的摆置总也朴质地叫好
也有少许遗憾未能进去参观

一路行走
一溜溜好奇的眼神总打量着东张西望的我
没有理会
只是怪怪地四目相对

# 湛蓝的岛

人群中沸腾出海的愉悦
回声里荡涤着腥咸的味觉
我心动了
湛蓝岛上海神的舞姿
汇泉湾的烈艳嘴唇使我陷入其中
栈桥边回澜阁
潮起潮落
这是八月心潮澎湃的青岛

## 海的湛蓝

海的深处
流淌着琉璃般的水
那是蓝墨水的色彩
不知道海的中央是什么
也没有人解答过
是湛蓝的王国
王国的主人每天守着
他那童话般的梦境
一艘轮船盘旋在它的领地
不时间化为了它的俘虏
披着一身的湛蓝
悬挂在城门的上方
海的深处
永远流淌着湛蓝的海水
蓝墨水的颜色
王国中的海岛
也是蓝色铸就的湛蓝

周边是无尽的船帆
年久失修地停靠在海岛边等待着
一天一天地萎缩
那时的海还依旧是蓝的

## 雨中通济桥

春雷击打着大地
迟迟未露的新芽透着脑袋
星星点点
古老的通济桥滋生着年代的青苔
青苔上的露珠诉说着年复一年的岁月

男女老少是这里的常客
每天都是如此门庭若市
春雨下擦拭着新姿
迎接着南来北往的外乡过客
一个接一个的雨中脚印
深深地踏在了通济桥上
湿漉漉地别有风味
两侧的围栏上坐满了人
观望着　说笑着　欢乐着
变成了婺源思溪的雨中景

# 蛙声婺源

萦绕在油菜花下
金灿灿地点缀着古村落的文明
十里的蛙声
透过木阁窗的玻璃分外清晰
婺源的夜晚
没有太多的修饰
幽暗的路灯下泛着青色的马头墙
墙角边几只青蛙在叫唤
叫醒了月光下油菜花与月色遥相呼应
牵引着夜归人的脚步
穿过独木桥
伴着人家院里的鸡犬声和窗檐下的情话
与蛙声夜归

# 婺源清晨

婺源人起得很早
一轮红日、一个菜篮、一把锄头
勾勒了婺源的生活画
养鸭
挥着鞭子在水田里叫唤
连着山鸡的叫声
唤醒了一群上学的孩童
三三两两，成群结队
穿行于田埂
路边的露水不时亲吻着脚面
油菜花盛开的清晨
一群蜜蜂在吮吸

# 西塘随笔

阳光伴着镇上人们的晨曲
斜射在每一个角落
一条蜿蜒曲折的长河行驶于街的两侧
石板铺就的回廊
弥漫着清晨火炉的青烟
早起的人们骑着脚踏车
按着铃铛穿行在窄窄的小巷
穿着花花绿绿的孩童
拿着昨晚夜市吃剩下的棉花糖的棒子
玩乐着
垂钓的人唤起了鱼儿的嗅觉
于是就迫不及待地窜上了餐桌
扎肉、熏青豆、肉粽也早已按捺不住
展示着自己的风姿

# 夜感西塘

乌篷船游走在东西走向的河面
船家哼着小调，悠闲地划动着
那浓郁的嘉兴味飘满四处
河面上荡起的涟漪诉说着悠远的岁月
昏暗的灯光下清晰可见
那灯光来自灯笼的通红色
一串串地挂在屋檐上
嘈杂的人声依旧是镇上的主角
或茶余饭后的漫谈
或别开生面的越剧
又或是货郎挑着担子叫卖着麦芽糖
那音律一波接一波地连绵不断
深暗的夜色古镇
迷彩依然，人声依然

# 乡村黑夜

有人说乡村的黑夜是寂寞的
但在我看来
似乎有一些偏见
乡村是最美丽的视觉，它的黑夜亦是
一座宗祠，风吹着大门，它动着
一片油菜地，风吹着菜花，它动着
一群夜行人，脚步的声音，使它动着

就算这些化为子虚乌有的话语
我站着
在这黑夜的乡村里静静地站着
我的呼吸
也是点破这黑夜的音频

# 飘

江南的美细细品味
其实全在于那人那屋那景
冬眠了一个季节的老人
蹒跚地赶着早春的太阳悠闲自得
满地漫天飘着的油菜花
勾勒着早春江南的烟云
老房子又见往日的新意
墙壁上满是春雨后的绿点
透着光斑苏醒着……

春二三月桃花水
静静地流淌在人家的屋前屋后
枕着这恬静的水，人睡，清香宜人
还把江南人间一冬来的寒气，随着流水飘远

宁静无比的江南飘着
飘着江南人的情结
飘过了小桥、流水、人家
飘进了每个有江南情结人的春令梦境

# 象牙塔中的双桥村

一个象牙塔里
不起眼的小村
却酝酿着不同的故事

与别的村子没有什么两样
但说来也别致
四周是宁大建筑群

在这个象牙塔里显得格外醒目
中间是古旧的村子
流动的生意红似火
点缀着象牙塔成了不眠夜

伙计的叫喊声
穿透了象牙塔里
人们的耳朵
于是蜂拥而至

# 双桥村的流水账

流动的人头
流动的生气
从冷静到热闹
演绎着各色的故事

有时安静
有时纷乱
有时欢腾
有时沮丧

众多的表情
众多的肤色
流水的一天
记录着一笔笔流水的账目

# 游台所感

在海这头的我
盼望着能回来的一天
在海的那头，有我的故土，我的母亲
母亲啊
我何时才能与您团聚
眼睁睁地看着这同一片蓝天的碧蓝

但一海之隔，即便天再蓝
我还是一样地倍感伤心
多少年了，每天守候着
我想总有一天
有那么一天，蓝天也感动了
它的云里
也早已满是我的乡愁

## 车站下

灰压压的一群人
苍老的旅途
在公交车上来往之间
一波又一波地上上下下
沧桑的双手
黑迹的指甲
指甲缝里流淌着泥土的血肉
浑身都是泥土的腥味

站在车站
你的身边定是空荡荡的
等车的人们，远远地观望着你
那是现实的人生吗？
但它的确是

蜷缩在站牌下
寒冷的暮秋风
刺着你

在你的脸上不住地停留
你熬不过去了
终于倒在了车站
很快你的肉体被蚂蚁、蜥蜴啃食得一干二净
只有你失落的灵魂在哭泣

## 在临安的暮起到夜归

住一座温文尔雅的小城
沐浴一方青山湖畔的夕阳
是光
是热
是色彩斑斓中的车水马龙
暮起日落的美好

苕溪南北街夹着的湖水
华灯齐放下泛起七月的温情
拂去夏的喧嚣和炎热
剩下便是静谧的光景
人来人往演绎着小城的浪漫

沿钱王街而上
许是场转角的邂逅
几处跳广场舞的人
重复着简单的动作
算不上曼妙的舞姿
但节奏感的音乐足以让心扑通

这大抵就是她们心中至上的热爱
和触手可及的星光

小城逐渐按下暂停键
晚归的人仰望星云
路人如我们也被卷进了这个夜色怀抱
与你道一声晚安
与世界道一声晚安

# 再游西天目山

时隔几年再游西天目山
下车，一场突如其来的暴雨
洗去身上的尘埃
穿过雨幕中的山门
拾级而上
满眼绿意曲径幽深
过往的思绪涌上心间

山道两旁的千古柳杉成群
滂沱的山雨来之快去之也快
绿意中形成一层薄薄的气雾
像极轻柔的纱帐
半遮着“五世同堂”的古银杏

山腰的开山老殿里
三尊江南古佛居中端坐
虔诚的信徒双手合十
唇齿间念念有词
不免让人有种洗却红尘化淡然的心境

沿着时光打磨的石板路
青苔依附
偶有如米的苔花为伴
还有路旁金钱松、大树王诉说着岁月的镏金

行至岔路
远处山路尽头的一束光射来
我径直走去
雨停四面峰前眺远
重峦叠嶂
前方空气中的云朵犹如万马奔腾
倚在围栏脚下山峦起伏
是鲜似仙如入仙境
这般云雾中
我的脚踏在哪里
只觉都是渺小
于是我闭目遐想
惊觉林间已然黄色星星点点
大抵不久又是大师徐悲鸿的秋色天目

# 白云深处保国寺

一通钟鼓声响彻林间
与山门前灵龙泉的飞瀑遥相辉映
定是有人在敲打这段尘封的岁月

白云深处
饮一口流淌千年的甘露
闭眼满是众僧早课的场景
和络绎不绝香客礼佛的画面
还有那方鼎盛的香火

是寺也非寺
那种凝固而缥缈的香气
在还未退却的晨雾里
披一身秋初的晨光和露水
从我们与蝉鸣鸟叫的石阶山道之间穿行
无数瞬间凝神为一泓清泉润肺洗心

泉水直下
淌过古人进寺必经的仙人桥

许是仙气缭绕
白云深处我驻足停留

蓦然回首一袭袈裟的金黄
将我的思绪拉回
睁开双眼众人散去
晨钟暮鼓和僧侣诵经声
却也早已九霄云外
只有这些老物件延续沧桑
汉代骠骑井　唐代经幢　北宋无梁殿
明朝迎熏楼　清代钟鼓楼和民国藏经楼
无不诉说这散落人间的诗篇

# 我在象山吹晚风

我挽着初秋的晚风
夜行蔚蓝下的沙岸
海风的鲜咸轻抚脸庞
像是海盐揉去仆仆风尘

沙岸上烧烤
如海浪般此起彼伏
虾兵蟹将游走在火炉上嗞嗞作响
啤酒花在不停的碰撞中打转
来一撮孜然
夜玩的人们就着鲜美海货
和空气中弥漫的海味
呼朋引伴

吹着晚风
看一海的白月光
我走向海滩细柔的白沙
不偏不倚夹杂着海水的温度
晚风捧起的浪花拍打双脚

听一耳的涛声
看远处的星光点点
是拥吻
是晚风中轻轻摇曳的渔舟唱晚

我在象山吹着柔和的晚风
在晚风中沉醉
目光所及
泛起几帧旧时光的落日清晖

# 走远的庄市老街

八月的晨阳
洒在斑驳的灰白老墙
墙角冒着幽绿的青苔
或有丝瓜藤依附着电线杆
倒映在街河里生长

来来去去的人流
不绝于耳的吆喝声
伴着油炸鬼和咸豆浆的喷香
唤醒了沉静一夜的延绵小巷

老人们捏着蒲扇倚坐在石阶上
眯缝着眼，嘴角上扬
看车往人来
拉着屋檐下的家长里短
时有拿着纸风车的小孩
嬉笑打闹
奔跑而过的暮夏微风
吹醒了弄堂里酣睡的狗子

狗子飞奔在
这条三百多米长的庄市老街
街河两岸新旧房子交替着
恰似一场古往今来的对话
几处中西合璧的老建筑
一梁一柱　一砖一瓦　一窗一门
诉说着庄市老街的百年风华
也印证着宁波帮闯荡大江南北的岁月

从巷子深处走来
已是日上三竿
贴隔壁白墙黛瓦下堂屋里
一位步履蹒跚的老太
倚在门柱边隔着窗户
守望着日复一日的老街情结
间或还有自己的咳唾声
和黑睛猫儿打盹的呼呼声尘世做伴

远行的人越走越远
只留下老太和她的藤条拐杖
在重归宁静的巷子里笃笃作响

# 第三辑 陌上性情

# 簇拥温暖的花

大草坪上天空晴朗
像是一纸暖暖的情书
甜蜜着人间的初恋
南天门上风和日丽
一个个温润的亲吻
抚慰人间的柔情

一场突如其来的疫情封锁鹭园
此刻
往日车水马龙的天使路变得安静
书声琅琅的课堂也变得安静
只看老图书馆的钟声依旧流淌
甬江上的船只摇曳晚风
微风轻吹东门梧桐叶
我的心无处安放，起起落落

一时间阳光斜下
一群群白衣战士勇敢逆行
一颗颗红心奔波前线

一股股暖流涌进鹭园
像是我们眼眸里午后的冬日暖阳
簇拥温暖，花开满园

我拿起笔作画
画你们是簇拥温暖的花
犹如白鹭林里的百日草、黄芙蓉
西区宿舍前的仇英
还有食堂门前的三角梅
顷刻让我们的眼里有了家的温暖

你们就是簇拥温暖的花
驱散阴霾
染红火烧云翻卷奔涌
迎接西边灿烂辉煌的晚霞
芳香鹭园里不安的紧张
让我们找回了爱的光亮

（注：写在2021年12月镇海）

# 爱若迎风遇见你

——致所有鹭园里的白衣战士

暖暖的
你带着爱迎风疾步
白衣下的鹭园
让我遇见此刻的光景
如同阴霾散尽阳光温和
那是我们的小幸运

偌大的鹭园
我在迎风处遇见你
想你是仲冬的银杏叶
飘向泥土的一袭舞姿
点燃我们此时的金色心情
转瞬
时光也开始变得轻盈
连日来的凝重在顷刻消失踪影

我想你是南天门草坪轻灵的雨露
是甬江上的水波

不畏辛劳
浇灌我梦里的小确幸
悸动的心情
恰似熬冬迎春的细雨
不知不觉随你的滋润
撼动了我的心灵

爱若迎风遇见你
在主校区东区北区
还有植物园校区
从此所有目光所及
世间万物都不及你的身影
静静的暖暖的
让我倚靠着安宁
你就是鹭园最美的风景

（注：写在2021年12月镇海）

# 寻找夏末的自己

行走在高层楼宇的街道缝隙
迎面而来的风是纯粹的市井味
和逃避不了的夏日的浮躁

走着
满眼的钢筋水泥的伪装
承接着这钢筋水泥背后的不屑和感慨
我们每天都生活在这样的现代城市
渐渐地充满乏味
于是渴望一片绿洲
哪怕只是一秒的安慰
吹着口琴、弹着吉他、哼着小调
满肚子的不满已烟消云散

工作的忙碌似乎成了年轻人的代名词
早出晚归的交通车自然成了他们任劳任怨的座驾
眼虽然明亮地睁着
但都无意于城市

天空是否蔚蓝
花鸟虫草是否香艳
我们只是交通工具上的真人雕塑
去寻找一片绿洲吧
寻找心灵栖息的圣境

# 走了　散了

一颗受伤的心
不会再复原
在偌大的城市没有自己的栖身之地

整夜我都在哭泣
看着别人牵手的背影
想到你，我的心好痛
为什么这背影不是我们

我需要一个拥抱
温暖我受伤的心
一颗不能被接受的心
一段不能被接受的爱情
我生活得好累
有一天，我需要解脱

为什么这美丽的背影不是你我
多想这是我们的见证

多希望能每天拥抱着你
然后静静入睡

如果能给我最后一次机会
我会学会放弃一些东西
紧紧守护你
今天你走了，没有回头
义无反顾地走了
我不会责怪
依然深深地祝福你

# 汗水在流泪

早上很闷热
汗水早已起床
似乎比我潜意识还早
记忆中是它叫醒了我

我站在荒凉之地
没有人烟
只有它陪伴左右
周围的液体也早已化为气体
无色无味

我脱去了身上最后一件衣
但还是抵挡不住汗水的情不自禁
泪水慢慢滴落
从我胸膛的平原流过
好深情的泪水
太阳没有感动
依旧固执地游走

渐渐地

汗水哭干了眼泪

终于闭上眼睛静静死去

我也终于成了这荒漠里的木乃伊

# 炎热的灵魂

炎热的天气是孩子的脸
那种发怒的表情
我站在旷野上
天炽热地炙烤着我
我脸红了
闷热打在我的脸上
给了我无法遗忘的空气
我粗粗地喘气
好浓重
不远处闪现五十年后的我
走得好累
蹒跚着拿着拐杖
已然是三只脚
脚渐渐地发热生温

旷野很静
空气也在沸腾
空无一人

野草顶着高温疯长着
慢慢地隐没了我的脚
然后是我的身体和我的头

我变成了干尸
那草也炙热地燃烧起来
燃烧了我的尸体
留下了远处的一把鬼火
那是我的灵魂在游荡

# 离去的河埠头

赤裸的身体站在我的眼前
像个水体
芦苇丛里早已喧哗一片
旁边的水杉
记不得它的年轮
只记得这日子一天一天地过着

你每天赤裸着身体
迎着南来北往的船只
一个个浪头
冲刷着你光洁的肌肤
我不忍心践踏
只是默默地在苇岸注视许久

那年我要离去，到城里求学
我舍不得
平板的表情掩饰不住我内心的痛楚
眼泪终于落了下来

滴在你的身上
留下了浅浅的痕迹
也许不久后就会遗忘
也许不会

# 多想我失忆

春末夏初
时间还是照旧过去
没有怜悯任何人
你走了
但我的脑海里满是你的记忆

好痛苦
多想我失忆
忘记你的一切
但我做不到
每次的回忆都充满了你的身影

我可以忘记你吗
我可以失去记忆吗

雨下得好安静
幸福就在那里崩溃
记忆里全是你的影子

# 一个人的车站

很安静
偌大的车站里
只我一个人
先前的影子已经不在
所有的回忆都集中在我的脑海里

雪白的墙面
远走的班车
没有言语
只有默默地思索和聆听

聆听我脑海里的思绪
充满了车站里每一个角落

一个人很安静
只有暗潮涌动

我们的回忆
只能停留在这偌大的车站
随着班车默默地退却

# 我的眼泪在哭泣

就这样被你征服
眼泪终于在电话亭滴落
我不知道我该怎样入土

青草在卖弄风姿
我的眼泪在打转

路边的行人
漠视着孤独的我
哭泣成了我的代名词

没有那么认真过
天告诉我
我错了
眼泪在电话亭独自守候

# 从自然走来

今天
你与自然朝夕相处
到处飘扬着你的水体
那环状的水体给予了地球
像是一条银白色的哈达
你曾经眺望过自然的丛林
像一阵无名之风，在天边轻轻飘舞
清新的气息
慢慢地自然
常常独自徘徊在甬江之岸
眼前是无垠的味道
观看着潮起潮落
白鹭忽而从面前一掠而过
大自然的神韵
孕育了生命
视野总也离不开它那浩渺的身影

那自然洁白的冰盖
是地球的冠冕
地球最初的生命形式
从自然走来
你脱下衣饰
洁白的身体，便是你的水体
献给自然白色的哈达

# 一个人一整夜

漆黑的农村
半夜我醉酒回家
生平第一次
初夏的柳絮在我的恍惚间飘洒
夜风吹乱了我的发
只我一人
村子很暗
只有狗在警戒
偶尔也有青蛙的叫声

记不得家在哪里
只是隐隐约约的印象
很快，青蛙的叫声
叫破了黎明
我没回家
就单坐在村口
一个人一整夜

# 今天你失恋了

走在高教园区的你
含着泪滴左右徘徊
我想你今天失恋了
前后的红绿灯不断地跳动着
你的心也跳动着

你忐忑不安
你的神情落寞
我知道这是我很久以前的缩影

陌生朋友请别哭泣
灯光下
因为不知道谁会爱上你的笑容

# 雨城的我

这些天
雨一直在下
心也在下雨
叹息似水的年华
江南的城里
伤心的我
在这下雨的城里徘徊
午夜只有我在呼吸
雨一直下
城里城外都是它的印记
我的身上留着你的余香
一直清淡
似水的年华
岁月的长河
我依旧徘徊

# 我看到了我的眼睛

天才蒙蒙亮
灰暗的黎明在睁眨
那是我的眼睛
静寂的村庄没有路人
大街上浮动着我的眼眸
小草拱破了地皮
冬日村庄的素描绿上了新颜
我知道那就是我的眼睛

## 等有你的生日

你知道吗
我很喜欢有你在的日子
有你在的生日
牵着手的感觉
我仍记忆犹新

你知道吗
今天是我的生日
我好希望
再牵一次手

可惜那日子
已经不复存在
在一个无人的角落
静静地过我一人的生日

我想我会这样一辈子
等待有你出现的日子
有你出现的生日

# 这条路

从外婆家回来已是深夜
但在月光的照明下
周遭还能看清
吹着冷风骑着自行车
在通往家的路上
不知道骑了多久
在这条路上
从小到大都重复着同样的动作
可现在四下
只我一个在兜风

旁边的河流
水涨船高
岸上的枯树
从不同的角度对视着我
可能我是此时最陌生的熟悉人
在这不认知的路上

# 听 雨

用心听
那旋律响起
听着窗外的雨声
在此时的年末
有些伤感
冬末春初的雨
凉凉的、湿湿的
抬头看看
窗外的天空
灰暗处泛出一丝亮白
用心听已是黎明

# 返　乡

收拾着
行囊里全是家乡的气息
一包包　一捆捆　一袋袋
身体的疲惫
早已被灿烂的心情覆盖
写在了干涩的脸颊上
枯燥的嘴唇诉说着

日子的艰辛
让人觉得回乡的意义
火车缓缓驶来
留下急切的心情回家

# 如果今天是情人节

如果今天是情人节
我会在下午丢弃时光陪你
直到夜深人静

如果今天是情人节
我会在夜晚
让你依偎在我的怀里
静静地呼吸

如果今天是情人节
除了下午
我愿意用我的这一天
我种着的花也静静为你而开

如果今天是我的情人节
我会大声地说
我爱你，永远爱你
不让你在这繁华人间只身单影

# 冷风中的草

不是每一棵草都如此坚强
不是每一处绿都是那样纯粹
生活在冷寂中的野草也会孤独
那一秋夜的沉睡
无形的目光一直注视着
那泪滴默然地
从脊梁滑下
哭醒了原本睡死了的良知
冷风中的草知道你在哭泣
你的绿色将是生命的悬念
唤起濒临冷漠的心

## 驼峰的辛酸

站在车站的一旁
观望着来往的车辆和行人
她是一位行人
一位顶着驼峰的老人
两鬓银发
行走在炎热的车站
地面如沙漠没有一丝的甘露
冷漠的沙砾总是无情地吹打
血迹斑斑的双手
艰难地拾捡着地上别人眼里的废弃物
心酸的脸庞，辛酸的驼峰
弯着腰
那驼峰在炎热下更是耀眼
冷言模糊了她的辛酸
冷眼迷失了她的方向
人头攒动的车站

# 这一季

雨水多的一季
冷暖杂乱的一季
我站在阳台上
看着进出如流的人群
还有那车水马龙的宁镇路

九月的秋季刚刚开始
吹着自然酝酿的风
外面突然下起了淅沥的小雨
打在我的面孔上
顺着面颊流在我的嘴唇上
像是初恋的吻
一丝甜的
一丝钢筋水泥的甜
生活在麻木的城市整个青春萌动的心
似乎笼罩着一层尘埃
这一季
站在阳台上看着远处的风景
也让自己成为外界的风景

## 灯光下的军训

暮色渐渐降临
暗黄的灯光下
一群群军姿灵动

一个个熟悉的背影
一片片陌生的影子
构成了大学校园的起点

今天是上弦月
旁边有几颗星星
一整条路的灯光
绚丽的场面
军训的人们无疑是这里的主角

静静地站着
站成了天与地的永恒
汗水迷失了他们的眼睛
辨不清方向

脑海里除了军训时的口号和简单的数字
余下的只有空白一片

天越发黑暗
第一天的时间也渐渐收尾
躺在草地上数天上的星星
对世界说晚安

# 阳　光

你们是阳光
那生命的血液
洒在星星和露珠之间
洒在新农村建设的道路上
于是我们笑了
每一片绿叶和每一朵花
每个农村的角落
都被你们赤诚热血编织成了红色的旗帜
映红了落日的彩霞
好一个新农村的艳阳天
渐渐地
目光与目光相连，递送百姓的渴望
微笑与微笑相迎，互赠一鸿纯真的情感
村子里一片花开花谢
人声鼎沸的景象
安居乐业的缩影
早晨的太阳依然升起

在昏暗里点亮黎明
我们笑了，新的一天就这样开始了

即使有一天，天空下着雨
那也是太阳雨，阳光依旧

# 雨中交响

（一）

那是个下雨的晚上
今夜无眠
南来北往的师生
在雨中的时节
随着音乐的节奏
交融于林杏琴会堂

高雅的艺术碰撞巅峰
热情的掌声振聋发聩

指尖的琴声
拨动了我们的琴弦
那声音
那回旋的声音
久久徘徊

想起那优美的旋律
《雨的印记》

似乎这歌声就是今晚的写照
在宁大、在我们雨中的宁大成了缩影
让我们在这雨中留下深深的印记

（二）
那熟悉的旋律回荡在耳边
无法用语言来形容
会堂外下着雨
雨中的印记

会堂里也下着雨
下得好安静
安静得让我深呼吸

高低起伏的音符
跳动在我的耳朵
此时又是欢快的

我被吸引了
陶醉了
沉浸在这音乐的海洋

（三）
喜欢那感觉
喜欢交响的魅力

今夜无人入睡
今夜的宁大在雨中跳动
高雅的音乐点燃了我们的激情

一雨点破宁静
在雨中交汇
宁静的旋律
张扬的韵律
舒缓的音律
偌大的会堂
似乎只我一人在聆听动人的旋律

雨中的感觉是我在音乐会里的感受
那种感受很别致
雨的音乐、雨的心情、雨的印记

# 农民工兄弟

总是看到你忙碌的身影
在装饰城市画卷
黝黑的双手诉说你的艰辛
苍老的面容在额头诉苦
你没有在乎
钢筋水泥成了你的主体
黑夜白昼成了你的色调
火辣的太阳炽热着你
但你的神情依然敏锐
就像常春藤一样四季常青
那天我路过
下着雨
你的身影依旧清晰
一顶白色的安全帽
不，不只是一顶，是一群
我深为感动

## 拥抱梦想

站在风口闭上眼睛
我想我在飞
飞得洒脱

我的头发疯长
超过了身前的柳条
带着我的思绪飘夹在柳絮中纷飞

白鹭的情结在心中
圣洁的羽毛化为漫天的白雪
连成一条哈达
给予我的希望

闭上眼睛
很多次试想着飞翔
柔柔地拥抱蓝天
拥抱我的梦想

# 渡　口

当我们背着
沉重的行囊
游走在无垠的戈壁中
我们还没有弄清楚
生命需要什么
是水吗?
可能是
又或许不是
因为在我们的生命中
或许还有很重要的东西
那就是渡口
人生方向的渡口
在茫茫的戈壁中
除了水还有渡口
走出困境的渡口
心理上的渡口
每个人都须长大

每时都在选择方向

做好准备

当我们再次背上行囊

那边渡口已经向我们开辟了通道

# 致死伤的细胞

我想见
你们激昂而又悲愤的面容
惨淡的乌青
是你们辛酸的信号
我知道我做错了……
那一刻
我听到了你们残酷的消息
我唯有说
十万分的抱歉
十万分的歉意
你们死了、伤了
都是我不小心的结局
曾经答应过你们
要好好保护你们每一个
如今我食言了
乌青是你们对我的惩罚
这，我知道
我会永远记得
死难的你们

## 影子变迁的思索

一个人在北高教园区的路上
孤独的灯光陪伴着我
黝黑的柏油路
瑟瑟发亮
灯光下的我
我的影子都很静
慢慢前行与光源成斜角
我的影子淡而狭长
走到了光源下
那影子好清晰，好浓郁
渐渐地又开始狭长
此时我想
人生的变化不就是这样吗？
小时候是靠父母的帮助
自己是那么娇小
到中青年了，自己有能力了
开始走出自己的路了
到了晚年又变为弱者

犹如影子的淡而狭长
需要充足的光
晚年的人生也是这个道理，需要扶持
影子的变迁就是每个人的岁月变迁
包括你、包括我、包括他

## 生　命

激情的岁月已冉冉升起
涌动的思绪撞击青春的血脉
黝黑的双手伸入生命的青春之窗
深沉的誓言化为生命的动力
生命是一种享受大自然的神韵
在视野里轻灵地飘游
在岁月里激奋地飞扬
把众多的喜怒哀乐编织成五彩的梦想
闯入生命的梦幻
太阳为之印证
月亮为之代言
星星为之宣示
因而
生命不因年轻而可贵
只因可贵而越发年轻

# 回 忆

奔跑在田野上
看着青草幽幽
牵着风筝一路歌吟
天真的童年在田野上匆匆跑过
离开了童年的田野
但那幽幽的青草依然存在
只是岁月的光景变了……
离别了童年的池塘
那只大木盆依然存在
只是多了几条木皱纹
一路湿淋淋走入了花季的征程
不去想童年的天真
因为它已缥缈
虽在这个春暖花开的季节里
风筝依旧　歌声依旧
但我们已身处多变的雨季
童年的无忧已经逝去

长大了
撕下日历来
已数不清过往的日子
只是隐约地记得依稀的岁月
有一天闭上眼睛
一束阳光激醒了我
周遭都变化了
花儿更艳树更高
而我又大了些

# 你的眼睛

你的眼睛是干涩的河流
再也无法孕育生命
渐变的瞳孔
意识着悲哀

你的眼睛是人们背后的视野
除去华丽的外景
阴暗永远是你的基调

那一天，你的眼里，世界成了黑暗
蜷缩在车站的暗角
匆匆的行人，不会搭理你
相反只会瞥你一眼
我知道，你内心是那么苦痛
周身没有声音、没有画面、没有人情
只有冷漠的空气

此次

你的眼里闪烁着泪光

但你没有流露你内心的痛楚

只是抿了一下嘴儿

继续蜷缩，蜷缩过后，振作起来

直面辛酸

# 再见，象牙塔

多变的六月承载着离校的情结
送行的人们挥洒着往日的深情
行走在林荫道上
看着白鹭飞舞的身影
大草坪上的瞭望，瞭望蓝天白云的遐想
再见了，学习生活四五年的母校
不论何时何地
这座象牙塔将是我们另段人生的启航点
再见了，象牙塔里的你们
这里永远铭刻着我们一起走过的青葱岁月

多变的季节，不变的情怀
飘飘洒洒的雨季，滴落着我们留在学校的心
清香的香樟树，诉说着我们的青葱岁月

别了，母校
别了，恩师
别了，同学
别了，我们的象牙塔

# 大地的怒吼

地震肆虐
冒出可怕的气息
漫山遍野的尸体躺着
泛着惋惜的情景
传来阵阵的噩耗
震怒了
顷刻间山崩地裂
千千万万的生灵陷入了窘境
大地苏醒着
竟丝毫没有同情
那一次惊醒了太阳神
于是，她清醒了
放出万丈光芒
抚慰怒吼的大地

# 犹如蒲公英的爱

——致死难者

危难之中，永远有我们的身影
犹如蒲公英的花絮飘过天空
勾勒黎明的笑容
传递在血肉的废墟中
彼此承诺，相依相靠

无辜之中，你们却这样走了
每一幕沉重的画面
刺痛了我们内心最深的角落
于是，我们泪如雨下
迈着急切的步伐，守护你们，守候你们
我们的亲人

第一时间，我们的爱就像蒲公英
乘着风吹遍巴蜀大地
经历了太多太多
却无法诉说成言语

我们的难过，希望你们能懂
漫天的蒲公英是我们对你们的葬礼
希望，在天国的你们依然回忆曾经的笑意
我们的爱就像蒲公英洒向漫天的边际
相信你们还在这里，接受我们蒲公英般的爱

# 我想念你

再也按捺不住与你分离的感伤
现在的我已经到了崩溃的边缘
每次经过往日的场景
泪水不由自主地滴落
没有一点商量的余地

我想念你，在无人的街角哭泣
我想念你，你是我心底的记忆
陷入爱中，而我终究无法自拔

站在每次的场景
我们的那份默契成永远
而此处已是我感情的禁区
有关你的一丝一点也成了禁语

我想念你，在无人的街角哭泣
我想念你，你是我心底的记忆

陷入爱中，而我终究无法自拔
如果再次重来
我们的时间不会断裂
依然是那场景
我等你，一直等你

## 大地，我的母亲

黎明已经不远
而您前行的脚步仍在继续
不断飘落的雪花
是您年迈的银发

大地，我的母亲
日日夜夜守护着我的您
我无以为报
只在这风雪中默默祈祷
朝阳已经出来
桥洞下过冬的麻雀也为您歌唱
您披着一身的白旗袍
迎战在风雪里
耐心地孕育着雪后的绿色

大地，我的母亲
晨曦的风雪中，依然看到的是您
这白皑皑的世界，到处都有您的足迹

用您那江南般的柔情，呵护着您的儿女
风雪过后又是新的朝气

啊，大地，我的母亲
我看着风雪无能为力

看着它一点一滴把您覆盖
我却只能暗自落泪
但您没有责备
依然用您那博大的衣襟捍卫着您的儿女

# 这个冬天你们还好吗

萧条，是冬日里村庄的基调
寒风夹带着旷野的豪迈

席卷着村庄里的每一个角落
裹挟着机耕路上的父母们

一路上看着老农在机耕路上留下的
忙碌的脚印
想象着你们那辛酸的表情

再回头看看你们的身影，
腰又弯了，眼又花了，白发又多了，皱纹又多了
熟悉的身影，但又是那么陌生

为什么我们的眼里常含泪水
是那悲伤的奏曲吗？
不是
是那凄厉的画面吗？
不是

而是
我们平日里无法理解的那份感恩

每次都是你们的温柔感动了我们
而我们又是一次次地放走幸福
冬天真的很冷，在村庄里的你们还好吗？
感谢你们给了我们一个个踏实的生活
幸福的感觉再也不会从指间溢出，
我们会紧紧地攥在手心，直到恒久

# 城市与天空

苍穹的天际一点橙色转为黄色
打开城市的天窗
黎明的眼睛不断地张望着
天空中雾气弥漫着晨光的黄色
微笑着
蓝色的半空飘浮着云朵
犹如流水般地走动
行进着
城市孩子手中的氢气球
亲吻天空　飘荡飞舞
天空的样子是这座魔鬼般城市的样子
等待着
于是天空不再单纯
不再是城市的脸
东倒西歪的脚印
踩满了城市的天际

# 后 记

完成这些文字，尽管看起来是些不起眼的片段，但确确实实是存在于我的生活和思想里。

这本诗集的创作过程凝聚着我所拥有的亲情、友情、师生情，还有更多莫名的情感因素，在此对所有关心和帮助我的亲朋好友表示感谢。但惭愧的是诗集本身一定还存在着许多误解或是不解之处，恳请博雅之士赐教。假使不足的暴露有助于我避免出现新的不足，那这本诗集的主要目的也就达到了。

再次感谢！

图书在版编目（CIP）数据

印迹 / 胡静力著. — 北京 ：文化发展出版社，2022.11

ISBN 978-7-5142-3854-9

Ⅰ. ①印… Ⅱ. ①胡… Ⅲ. ①诗集－中国－当代 Ⅳ. ①I227

中国版本图书馆CIP数据核字（2022）第201466号

# 印 迹

胡静力 著

出 版 人：武 赫
责任编辑：周 蕾
出版发行：文化发展出版社（北京市翠微路2号 邮编：100036）
网 址：www.wenhuafazhan.com
经 销：全国新华书店
印 刷：唐山楠萍印务有限公司

开 本：880mm×1230mm 1/32
字 数：130千字
印 张：6.5
版 次：2022年11月第1版
印 次：2022年11月第1次印刷

定 价：59.80元
I S B N：978-7-5142-3854-9

◆如有印装质量问题，请电话联系：13121110935